AF461192

11 Février 93.

99P

VENTE

DU SAMEDI 11 FÉVRIER 1893

HOTEL DROUOT, SALLE N° 2

Après décès de Madame X***

TABLEAUX

OBJETS D'ART

ET

D'AMEUBLEMENT

EXPOSITION PUBLIQUE

LE VENDREDI 10 FÉVRIER 1893

Me PAUL CHEVALLIER
COMMISSAIRE-PRISEUR
10, rue de la Grange-Batelière, 10

M. CHARLES MANNHEIM
EXPERT
7, rue Saint-Georges, 7

CATALOGUE

DES

OBJETS D'ART

ET D'AMEUBLEMENT

PORCELAINES, FAIENCES

TABLEAUX

Portrait de Femme, par NATTIER

SIX DESSUS DE PORTES LOUIS XVI

Dessins, Pastels, Gravures

COLLIER EN OR ÉMAILLÉ DU XVIe SIÈCLE

Objets de Vitrine
Grands Vases en terre cuite
Bronzes d'ameublement, Meubles anciens, Sièges

MEUBLES DE SALON LOUIS XVI

Lot de Bordures Louis XIV en tapisserie
Anciennes soieries

DONT LA VENTE AURA LIEU

Après décès de Madame veuve X***

HOTEL DROUOT, SALLE N° 2

Le Samedi 11 Février 1893

A DEUX HEURES

COMMISSAIRE-PRISEUR	EXPERT
Me PAUL CHEVALLIER	**M. CHARLES MANNHEIM**
10, rue de la Grange-Batelière, 10	7, rue Saint-Georges, 7

EXPOSITION PUBLIQUE

Le Vendredi 10 Février 1893, de 1 heure 1/2 à 5 heures 1/2

CONDITIONS DE LA VENTE

La vente sera faite expressément au comptant.

Les Acquéreurs paieront CINQ POUR CENT en sus des adjudications.

L'Exposition mettant le public à même de se rendre compte de l'état des objets, il ne sera admis aucune réclamation une fois l'adjudication prononcée.

Paris. — Imp. de l'Art. E. MÉNARD et Cie, 41, rue de la Victoire.

DÉSIGNATION DES OBJETS

TABLEAUX

NATTIER
(JEAN-MARC)

1 — *Portrait présumé de Mme X..., sœur de Mme de Châteauroux.*

En buste de trois quarts, tournée vers la gauche, des fleurettes piquées dans les cheveux qui sont relevés et poudrés; le cou et la poitrine à découvert, les épaules enveloppées d'une draperie de soie bleue.

Beau portrait signé et daté 1750.

Cadre en bois sculpté.

Toile. Haut. 54 cent.; larg. 44 cent.

ÉCOLE FRANÇAISE
(ÉPOQUE LOUIS XVI)

2 — *Six dessus de portes.*

Suite de six gracieuses peintures décoratives représentant des sujets allégoriques aux Beaux-Arts et aux Sciences, en des médaillons encadrés de fleurs soutenus par des Amours.

Toile. Haut., 75 cent.; larg. 1 m. 27 cent.

3 — Boucher (École de). Pastorale. Trumeau.

4 — Desportes (Manière de). Deux peintures décoratives : Chien et renard; Chien et faisan.

5 — Freudeberg (Attribué à). Le Repos au bord de l'eau. Costumes Louis XVI.

6 — Lebaillif, d'après Greuze. La Voluptueuse.

7 — Leray (L.). Badinage.

8 — École française. Petit dessus de porte : Jeux d'enfants, dans un cadre en bois sculpté.

9 — Feuille d'écran, peinture à l'huile en camaïeu.

10 — École hollandaise. Jeune Fille tenant une corbeille de fleurs.

11 — École moderne. Basse-cour.

12 — École moderne. Fleurs.

13 — École moderne. Patinage.

DESSINS, GRAVURES

14 — Boucher (École de). Deux dessins à l'encre de Chine. Groupe d'Amours; en pendants.

15 — Boucher (D'après J.). La Toilette de Vénus; tracé, imprimé et colorié à l'aquarelle.

16 — Saint-Aubin (Attribué à). Petit portrait de femme, de profil; dessin à la mine de plomb.

17 — École allemande (xviiie siècle). Deux paysages peints à la gouache; en pendants.

18 — École française. Portrait de Mme Du Barry. Pastel.

19 — École française. Portrait de femme en costume Louis XVI, avec ruban bleu et fleurs dans la coiffure. Pastel.

20 — Zittary. Portrait de femme en costume Louis XV. Pastel.

21 — Beauvarlet, d'après Bourdon. Molière.

22 — Boilly (D'après). L'Optique.

23 — Fragonard (D'après). Le Chiffre d'amour.

24 — Fragonard (D'après). Le Verrou.

25 — Fragonard (D'après). Deux pièces : le Petit Prédicateur; Dites donc, s'il vous plaît.

26 — Freudeberg (D'après). La Gaieté conjugale.

27 — Gérard (D'après Mlle). Quatre pièces : le Présent; Je m'occupais de vous; l'Élève intéressante; le Triomphe de Minette.

28 — Greuze (D'après). L'Oiseau mort et la Voluptueuse.

29 — Lawrence (D'après). L'Aveu difficile, par Janinet. Pièce en couleur.

30 — Moreau. Deux pièces : la Déclaration de la grossesse; J'en accepte l'heureux présage.

31 — Watteau (D'après). Deux pièces : l'Amour au théâtre français ; l'Amour au théâtre italien.

32 — Deux gravures : Scènes familiales, en des cadres ovales surmontés de rubans en buis sculpté et peint, de l'époque Louis XVI.

33 à 35 — Plusieurs lots de gravures encadrées, sous ces numéros.

PORCELAINES, FAIENCES

36 — Garniture de cheminée : pièce de milieu et deux girandoles à deux lumières chacune, en bronze ciselé et doré, avec figurines et groupes en ancienne porcelaine de Saxe. La grande pièce est formée d'un vase en bronze, à cadran tournant, élevé sur socle triangulaire en porcelaine et flanqué de deux groupes, vieux Saxe : Personnages asiatiques tenant par la bride des chevaux qui se cabrent; un personnage vêtu à l'orientale, aussi en Saxe, est debout sur la terrasse des girandoles.

37 — Deux seaux en ancienne porcelaine tendre, à décor d'amours, en camaïeu rose, avec rehauts et filets en dorure.

38 — Plat en ancienne porcelaine de Vienne, gaufrée en vannerie et décorée de bouquets polychromes.

39 — Grande plaque ovale en porcelaine, pâte dure, du XVIIIe siècle, finement décorée en couleur de quatre bouquets se détachant sur un fond blanc. Provenant d'un meuble. — Haut., 46 cent., larg., 45 cent.

40 — Lot de plaques de meubles en porcelaine, à médaillons de fleurs avec entourage bleu turquoise.

41 — Seau en porcelaine blanche de Sèvres (1819), à filets d'or.

42 — Deux jardinières oblongues d'ancienne porcelaine blanche, à filets dorés.

43 — Petit bas-relief circulaire en biscuit de Sèvres : l'Hyménée ; les figures réservées en blanc sur fond bleu.

44 — Deux coupes en porcelaine de Sèvres, à médaillons de fleurs en réserve sur fond bleu turquoise décoré de rehauts d'or ; monture en bronze doré de style Louis XV.

45 — Quatre figurines de danseurs villageois en vieux Saxe.

46 — Deux petits socles quadrangulaires en porcelaine tendre émaillée bleu avec feuillages en relief relevés de dorure.

47 — Deux oiseaux en porcelaine décorée de Saxe.

48 — Tasse-trembleuse en porcelaine, pâte dure, à médaillons d'oiseaux sur fond rose.

49 — Deux grands seaux en porcelaine blanche à filets et rehauts d'or.

50 — Deux cache-pots décorés de médaillons Boucher sur fond gros bleu, genre Sèvres ; monture bronze.

51 — Deux vases ovoïdes et à anses formées de cariatides en faïence italienne, à décor polychrome sur fond blanc.

52 — Plat oblong en faïence de Moustiers, à grand médaillon représentant les Saisons.

53 — Vase en ancienne faïence espagnole à reflets métalliques.

54 — Groupe de quatre figurines : les Petits Marchands, en terre de Lorraine émaillée blanc.

55 — Vase ajouré de jolie forme, en terre émaillée blanc. Époque Louis XV.

*

56 — Deux pots de pharmacie en faïence italienne.

57 — Deux pots de pharmacie en faïence italienne.

58 — Deux gourdes aplaties en faïence artistique, moderne.

59 — Deux consoles à cariatides en faïence émaillée bleu et jaune.

60 — Faïences diverses : potiches, vases, plats et assiettes en Delft et de fabrication française.

OBJETS VARIÉS

61 — Beau collier du XVIe siècle, composé de vingt maillons à entrelacs en or découpé à jour et émaillé blanc et noir, avec diamants tables au centre ; il est enrichi de dix-sept pendeloques d'une ornementation analogue, chacune ornée de trois perles.

62 — Auréole en argent doré provenant d'une monstrance du XVIIe siècle.

63 — Pelote à monture d'acier, de l'époque Louis XVI.

64 — Cuillère en argent à figures et ornements, partiellement dorée. Orfèvrerie allemande.

65 — Deux pièces en argent : agrafe et fermoir d'escarcelle.

66 — Petit sucrier couvert, en argent repoussé, à décor de godrons obliques et de feuillages. Époque Louis XVI.

67 — Châtelaine gravée avec croix et médaillon-reliquaire en argent doré du XVIIe siècle.

68 — Flacons à odeurs et lot d'anciens cachets-breloques.

69 — Cassette à bijoux en forme de cabinet, en bois d'ébène, fermant à l'aide d'un abattant qui recouvre de petits tiroirs, enrichis de feuilles argentées et gravées à sujets dans le goût de Th. de Bry.

70 — Miniature peinte en grisaille : la Famille de Louis XVI dans un cercle d'or.

71 — Bougeoir de forme Louis XV, en fer, enrichi de figures et d'ornements en incrustation de cuivre.

72 — Coupe à tige figurée par une statuette de femme, argent étampé.

73 — Petite pendule en bronze doré, de l'Empire, à figurine d'Apollon.

74 — Montre en or émaillé bleu avec entourage de demi-perles.

75 — Plusieurs petits cadres émaillés en filigrane, etc.

76 — Trois bas-reliefs ; deux en ivoire : Jeux d'enfants, et le troisième en os, provenant d'un coffret.

77 — Deux flambeaux montés sur perruches en émail cloisonné de la Chine.

78 — Éventail en ivoire, décoré au vernis, de médaillons à scènes mythologiques en des encadrements de dorure. XVIIe siècle.

79 — Quatre éventails divers.

80 — Boîte à poudre Louis XV, en cartonnage.

81 — Dix gobelets anciens à pans en cristal gravé, à guirlandes.

82 — Petit cadre de calendrier en noyer sculpté, à rais de cœur et perlés.

83 — Encadrement à baldaquin soutenu par des anges, bois peint. XVIIIe siècle.

84 — Cadre Louis XIII en bois sculpté et doré.

85 — Cadre Louis XIV à grosses fleurs, en bois sculpté et doré.

86 — Deux cadres italiens en bois sculpté et doré, de forme contournée.

87 — Deux appliques à deux lumières chacune, en bois doré. XVIIIe siècle.

SCULPTURES

88 — Deux beaux vases anciens en terre cuite, richement décorés de masques de faunes, des signes du Zodiaque, de cartouches, de godrons, de feuillages, etc., et munis d'anses figurées par des sphinx. Ces vases, qui rappellent ceux de Versailles, sont élevés sur des socles quadrangulaires présentant les attributs de la musique. — Hauteur totale, 1 m. 70 cent.

89 — Grand vase en terre cuite de l'époque Louis XVI, offrant au pourtour un bas-relief représentant des Naïades et des Tritons. — Haut., 1 m. 35 cent.

90 — Statuette en marbre blanc : l'Oiseau mort, dans le style de Falconet.

BRONZES D'AMEUBLEMENT

91 — Cartel en bronze doré du temps de Louis XV, modèle à forts rinceaux et feuillages; il est surmonté d'une figure de génie. Un coq, sous le cadran, est debout sur une feuille d'acanthe en amortissement. Cadran au nom de Peignat, à Paris.

92 — Petit porte-montre Louis XV, à figurine de Chinois et rocailles.

93 — Pendule et sa console du temps de Louis XV, en marqueterie de cuivre, enrichies d'appliques et d'ornements en bronze doré. Cadran au nom de Brulfer, à Paris.

94 — Petite pendule Louis XVI en marbre blanc et bronze doré, à cadran supporté par deux colonnettes ornées de médaillons en biscuit.

95 — Paire d'appliques à deux lumières chacune, en cuivre de style Louis XIV, garnies de cristaux, étoiles et pendeloques.

96 — Petite pendule surmontée d'une figurine de Minerve. Style Louis XIV.

97 — Deux flambeaux à deux lumières chacun en cuivre argenté.

98 — Deux lampes en céladon craquelé, à figures en couleurs ; monture bronze noirci.

99 — Galerie de foyer de l'Empire.

100 — Garniture de cheminée en bronze doré, de style Louis XVI : pendule et candélabres.

101 — Pendule en bronze reproduisant la façade de Notre-Dame de Paris ; socle en bois ; à carillon.

102 — Deux chenets de la fin du XVIIIe siècle, modèle à draperies et pommes d'amortissement.

103 — Chenets et galerie de foyer, style Louis XVI.

104-105 — Plusieurs flambeaux anciens.

MEUBLES, SIÈGES

106 — Joli secrétaire du temps de Louis XVI, entièrement recouvert de médaillons à sujets, de guirlandes, de bouquets, de vases et de motifs d'encadrements en marqueterie de bois de couleur finement exécutée. Tablette en marbre.

107 — Commode demi-lune Louis XVI en marqueterie de bois, à portes et tiroirs, décorés de trophées d'instruments de musique, de vases et de rinceaux ; tablette de marbre blanc.

108 — Petit bureau plat de l'époque Louis XVI, en amarante et bois rose, garni de chutes à draperies et d'anneaux de tirage en bronze doré.

109 — Petite commode du temps de Louis XVI, à deux tiroirs, en bois de placage avec filets marquetés ; tablette en marbre.

110 — Table demi-lune à double tiroir, et reposant sur trois pieds, en bois de placage et marqueterie à treillis.

111 — Petit bureau du temps de Louis XVI, à cylindre, en marqueterie de bois de couleur.

112 — Commode droite à angles arrondis et cannelés, en bois satiné, garnie de cuivres ; entrées et poignées. Tablette en marbre rouge des Flandres. Époque de la Régence.

113 — Petite table à ouvrage, rectangulaire, en acajou et marqueterie de bois avec incrustations d'étain. Pieds cannelés, reliés par une tablette d'entrejambes ; dessus en marbre turquin. Fin du XVIIIe siècle.

114 — Petite table Louis XVI, en marqueterie de bois, avec dessus à damier.

115 — Commode du temps de Louis XV (signée) à deux tiroirs, garnie de cuivres et à tablette de marbre bordée d'un quart de rond.

116 — Commode droite Louis XVI, en acajou à baguettes de cuivre ; dessus de marbre blanc à galerie.

117 — Grande vitrine d'encoignure à deux portes vitrées, en bois sculpté et peint de l'époque Louis XV.

118 — Table Louis XVI, à tiroir, en acajou; dessus en marbre blanc à galerie.

119 — Grande armoire Louis XV, à portes pleines moulurées.

120 — Chiffonnier Louis XVI en acajou, à baguettes de cuivre et dessus de marbre blanc.

121 — Table à ouvrage Louis XVI, à tiroirs, en bois rose ; dessus de marbre blanc.

122 — Grande armoire Louis XV en chêne.

123 — Table de nuit Louis XV, peinte en vert.

124 — Paravent de l'époque Louis XV, à quatre

feuilles, peintes sur toile et représentant des Amours musiciens, dans un paysage encadré de rinceaux et de feuillages.

125 — Petite table à pieds cambrés, de forme Louis XV, en palissandre et bois rose.

126 — Horloge à gaine du XVIIIe siècle, en marqueterie de bois d'une riche ornementation. Mouvement anglais.

127 — Buffet Louis XV, en bois de chêne, à deux corps et à quatre portes pleines moulurées.

128 — Petite console Louis XVI, en acajou, avec tablette d'entrejambes et dessus en marbre blanc.

129 — Guéridon Louis XVI, en acajou, dessus en marbre blanc.

130 — Buffet Louis XV, à pannetière dans la partie supérieure.

131 — Glace dans un cadre Louis XVI, en bois sculpté, à fleurons inscrits dans un entrelacs.

132 — Table Louis XVI, en acajou, à deux tiroirs, pieds carrés avec filets.

133 — Torchère en bois sculpté à tige fuselée, supportée par un socle triangulaire à volutes.

134 — Petite glace ancienne, à cadre de pâte dorée, surmontée d'attributs variés.

135 — Bureau Louis XV, laqué blanc avec ornements dorés.

136 — Bureau plat en acajou garni de cuivres.

137 — Piano en palissandre de Richter.

138 — Pianista de Thibouville Lamy, et un fort lot de cartons de musique.

139 — Beau meuble de salon du temps de Louis XVI, en bois sculpté et peint blanc, recouvert en reps gris ; modèle à pieds et colonnettes cannelées surmontées de vases à flammes, dossier et ceinture à entrelacs. Un canapé, deux bergères, quatre grands fauteuils et six petits.

140 — Écran du temps de Louis XVI, en bois sculpté, à tortils de rubans, feuilles d'eau et laurier ; feuille en soie brochée à raies.

141 — Meuble de salon de l'époque Louis XVI, recouvert en soie variée de dessin, et comprenant

un canapé, deux fauteuils et quatre chaises à dossiers ovales.

142 — Petit meuble de salon Louis XVI, laqué noir et or : un canapé, deux fauteuils et deux chaises à médaillons avec nœuds de rubans.

143 — Bergère du temps de Louis XVI, peinte en blanc, à pieds cannelés, supports d'accoudoirs feuillagés et tournés en spirale, couverte en velours bleu frappé.

144 — Deux chaises Louis XIV, en bois sculpté à coquilles et rinceaux en relief; elles sont foncées de canne.

145 — Grand lit du temps de Louis XVI, à colonnettes surmontées de panaches ; il est garni en cretonne.

146 — Chaise longue en deux parties, du temps de Louis XVI.

147 — Tabouret du temps de Louis XVI.

148 — Tabouret de pied analogue au précédent.

149 — Douze fauteuils du temps de Louis XV, peints blanc, rechampis bleu et foncés de canne.

150 — Fauteuil de bureau Louis XV, assorti aux précédents.

151 — Six chaises allant avec les fauteuils qui précèdent ; les pieds reliés par des croisillons.

152 — Trois chaises Louis XVI, dossiers à lyres.

153 — Deux fauteuils Louis XVI, à cordons de piastres et acanthes, pieds cannelés, dossiers à médaillons, recouverts d'ancienne soie.

154 — Trois bois de fauteuils Louis XVI.

155 — Chaise longue du temps de Louis XVI, en deux parties, dossier à joues et à crémaillère.

156 — Deux fauteuils Louis XVI, à dossiers carrés, pieds cannelés, couverts en damas rouge.

157 — Six sièges : quatre fauteuils et deux chaises Louis XVI, peints blanc et couverts en drap.

158 — Deux fauteuils Louis XV, peints vert, à dossiers ovales.

159 — Chaise Empire, peinte blanc, signée Sellier, et couverte en soie jaune.

SOIERIES, TAPISSERIES, ETC.

160 — Lot de bordures, en tapisserie très fine de l'époque Louis XIV, rubans pourpre et or enroulés avec des festons de feuillages. Environ 28 m. 50 cent.

161 — Grand tapis d'Aubusson à rosace centrale, fond rouge.

162 — Trois portières et une décoration de glace en lampas, fond blanc, du temps de Louis XIV, encadrées de bandes de peluche verte.

163 — Neuf rideaux en ancienne étoffe verte moirée.

164 — Deux chapes en soie Louis XV, à festons de fleurs, brochés en couleurs, sur fond blanc damassé.

165 — Lot de soieries Louis XV, dauphine à petits bouquets brochés en couleur, sur fond bleu à côtes ondulées. — Environ 11 m. 35 cent.

166 — Jupe de lampas Louis XV, à bouquets brochés en couleur sur fond bleu.

167 — Deux chapes de soie Louis XV, à bouquets de roses et raies en couleur sur fond crème damassé.

168 — Tapis de soie Louis XV, à bouquets sur fond crème côtelé.

169 — Lot de morceaux de soie Louis XV, à fond saumon, tissé et lamé argent.

170 — Lot de morceaux de soie Louis XV, fond crème, pour sièges.

171 — Petit tapis ancien, de forme carrée, à festons de fleurs en soies multicolores, brodés sur soie blanche.

172 — Deux petits tapis longs, à dessins veloutés, sur fond jaunâtre.

173 — Rideaux en Florence vert d'eau avec franges.

174 — Tapis en soie Louis XVI, brochée bleu et blanc et bordée d'un effilé bleu et jaune.

175 — Lot de cretonnes imprimées pour sièges, à dessin Louis XVI.

176 — Lot de soies Louis XVI à raies, fleurettes et entrelacs sur fond réséda.

177 — Lot de soierie Louis XV, à fleurs et festons couleur et argent sur fond rosé.

178 — Lot de damas jaune.

179 — Morceaux de tapisserie au point.

180 — Lot de brocatelle du XVIIe siècle.

181 — Lot de broderies.

182 — Coupes et morceaux de soies diverses.

183 — Petit tableau en broderie de soie de couleur au passé : Jésus et la Samaritaine.

184 — 7 mètres 65 centimètres de bordure en ancienne guipure.

185 — Fort lot d'un galon italien en passementerie avec blason d'évêque.

186 à 188 — Plusieurs lots de galons en soie, en argent, d'effilés et de passements anciens.